KB185609

돌배나무꽃은 피었는데

돌배나무꽃은 피었는데

초판 1쇄 발행 | 2024년 11월 20일

지은이 | 정낙추
펴낸이 | 황규관

펴낸곳 | (주)삶창
출판등록 | 2010년 11월 30일 제2010-000168호
주소 | 04149 서울시 마포구 대흥로 84-6, 302호
전화 | 02-848-3097
팩스 | 02-848-3094

ⓒ정낙추, 2024
ISBN 978-89-6655-183-5 03810

* 이 책은 2024년 충남문화관광재단의 후원으로 발간되었습니다.
* 이 책의 내용의 전부 또는 일부를 재사용하려면
  반드시 지은이와 삶창 양측의 동의를 받아야 합니다.
* 책값은 뒤표지에 표시되어 있습니다.

돌배나무꽃은 피었는데

정
낙
추

시
집

삶창

시인의 말

창밖에서 밤새 책장 넘기는 소리가 들린다.

나이 들어 잠귀만 밝아졌다.

아침에 보니 감나무 잎이 어제보다 더 떨어졌다.

사람의 일이 자꾸 애잔해 보인다.

차례

1
부

푸장나무*를 아시나요

장마 끝나고 삼복 접어드니 숲은 검푸르게 독이 올
랐다
이때쯤 동네 장정들 새벽마다 산에 올라
살진 떡갈나무 이파리 한 짐씩 지고 내려왔다
무성한 여름 산이 마당으로 옮겨졌다

떡갈나뭇짐 태질한 장정들
이슬 흠뻑 젖은 베잠방이 가랑이 사이로
불덩이 같은 해가 솟을 때
축 늘어진 뭣을 봤는지
떡갈나무 이파리 사이
주근깨 촘촘히 박힌 산나리꽃이
얼굴 붉히며 해쭉 웃었다

여름 내내 푸른 숲이
온 동네 마당에서 아궁이로 스며들어
토장국 한 뚝배기
보리밥 한 사발에

풋내를 고봉으로 얹어 주었다

그 여름 마른 떡갈나무 타는 냄새는 고픈 배를 채워
주었다

* 땔감으로 베어다 말린 풋 떡갈나무 잎.

굴뚝

굴뚝으로 생존을 확인하던 때가 있었다
저물녘 마을의 집마다
굴뚝에서 피어오른 연기는
끼니를 거르지 않는다는 표시였다
아궁이를 거쳐 방구들을 덥히고 굴뚝으로 빠져나온
연기는
가난하지만 평화로운 밥사발이었다
때론 차마 굶는 티를 내지 않으려고
밥 대신 물을 끓여 연기를 피워 올린 서글픈 굴뚝도
있었지만
다음날 그 굴뚝에선 따뜻한 연대가 하늘로 곧게 올
랐다

이제 굴뚝은 밥이 아니다
굴뚝이 없어도 밥상엔 진수성찬이 오르고
끼니를 거르는 이웃이 있어도
아무도 모르는 세상이다

굴뚝이 사라지면서
기쁨도 슬픔도 연대도 사라졌다
쳐다보는 이 없는데도
어디선가
자본의 굴뚝에 올라 밥을 달라고 외치는 사람이 있다
스스로 연기가 되어 스러지는 사람이 있다

무덤

산비탈 억새밭 가운데
납작한 무덤
임자 없는 무덤이 아니다

임자는 무덤 속 하얗게 누워
소나무로 자라고
억새로 흔들리다가
봄날에는 등 굽은 할미꽃으로 핀다

오늘은 이승
어느 곳에 사는지 모를
고달픈 자손들 소식
바람에 물어보고
새에게 물어보고

죽어서도 걱정으로 맺힌
납작한
눈물방울

낫을 갈며

낫을 간다
더디 오는 새벽을 기다리다 못해
먼동이 트기 전 일어나
더듬더듬 숫돌에 낫을 간다

녹슨 조선 낫
시퍼런 날 세워 주기 위해
제 몸 닳는 것 마다치 않고
숫돌이 희미한 어둠 속에서
쓱쓱 콧노래를 한다

우리네 세상도
언제 이처럼 인연 있는 것끼리
서로서로 위하는 날 올까

날 선
낫 날 위
엷은 아침 햇살이 퍼렇게 번뜩인다

비닐하우스에서 늙다

투명한 막을 경계 삼아
겨울과 여름이 마주 보는
비닐하우스에서
지난겨울 내내 여름을 즐겼다

채소들의 녹녹한 빛은
막 시드는 내 몸에 푸르름을 수혈하고
말동무로 나서는 굼벵이와
더디 가는 세상을 얘기하며
무성한 여름을 뽑고 또 심었다

바깥의 굵은 눈송이와 찬바람은
나하고는 상관없는 일
잔뜩 비웃으며 계절을 묶어 놓으니
내 몸은 언제나 청춘
세상 부러울 게 없었다

콧노래 부르는 사이

추위를 이겨낸 바깥의 생명들이 모두 일어나

싱그러운 젊음을 환호하며 뽐낼 때

속성으로 자란 채소를 닮은

나만 폭삭 늙었다

빈들에서

가을 지나
사람들은 모두 떠나고
벼 그루터기만
훈련소 병졸들처럼 줄 맞춰 서 있다
허공을 향해 흔드는
논둑 갈대꽃 손짓에 가라앉는
회색 하늘

마음을 비운다는 것은 마음뿐
버릴 것을 못 버리고
서성대는 계절의 끝
빈들에 홀로 서서
내 비록 옹색한 살림이지만
짚북데기 속
몇 개의 벼 이삭은 남겨 놓고 싶다
긴 겨울
고독한 날짐승의 몫으로

찔레꽃

찔레꽃,

하고 부르면

허기가 지고 눈가에 눈물이 맺혔습니다

찔레꽃,

하고 코를 갖다 대면

하늘이 노랗고 아랫도리가 축축해졌습니다.

찔레꽃,

하고 눈을 감으면

소복한 여인들이 꽃상여를 따라갔습니다

돌배나무꽃은 피었는데

작년 가을
빚에 쪼들려
배처럼 누렇게 뜬 얼굴로 몰래 이사 간
돌배나무집 형네 빈 마당가에
빨아 넌 하얀 빨래
밤사이 그 집 식구들 돌아왔나 했더니

아니다 아니다
빈집을 지키던 돌배나무가 하얀 꽃등을 내걸었구나
잉잉 꿀벌도 찾아들어
오랜만에 살아나는 집
햇볕도 온종일 꽃구름 근처를 서성대고
지나가는 사람들도 한 번씩 쳐다보고

이런 봄날
돌배나무집 얼굴 고운 형수
배처럼 사근사근한 목소리
다시 들었으면 좋겠는데

봄바람이 하얀 빨래 다 걷어가도

돌아오지 않네

돌아올 기미 없네

에미

무성한 잎 그늘에 숨어서
해와 달도 모르게 언제 사랑을 꽃피웠는지
볼품없는 꽃 진 자리 슬며시 콩꼬투리 매달렸네

콩알 다섯 품은 푸른 뱃가죽
여름 내내 자식들 병들 새라 꼬투리 단단히 여몄네
세상이 궁금한 철없는 풋 콩알들
콩닥콩닥 가슴 설레며 살찌웠네
소슬바람 불고 이파리 단풍 드니
해산달 가까운 콩꼬투리 노래졌네

빨리 밖으로 나가고 싶어
마른 뱃가죽 속에서 달그락거리던 콩알들
가을 햇볕 따가운 날
탁!
힘없는 어미 뱃가죽 가르고 세상에 튀어나왔네

콩알 구실은 제대로 하는지

어떤 놈이 대를 이어 씨종자 노릇할지
천지사방 흩어진 큰놈 작은놈 생각하다가
시름에 배배 뒤틀린 빈 깍지
첫눈이 내려도
콩대를 떠나지 못하고 매달렸네

첫서리

살진 서리태 이파리
지난밤
어떤 놈한테 호되게 얻어터졌는지
누렇게 멍들었다

한로에도
이파리 청청하여 상강을 깐봤더니
세월 막는 장사 없구나

겁먹은
밭둑 들국화
얼굴이 더 노래졌다

콩밥

와삭와삭 벼 자라는 소리에
잠 설쳤다고
두렁콩잎 푸르딩딩 입 부르텄습니다
엎었다 잦혔다 방정 떠는 콩잎이 못마땅해
벼잎 삐쭉 입 내밀었습니다

논배미의 벼
논둑의 두렁콩
여름 내내 서로 구시렁대다가
벼 익자 두렁콩도 따라 영글었습니다

마침내 한 사발 콩밥으로
어우렁더우렁 어울리는
이런 예쁜 사랑 어디 또 있을까요

풀의 역사 1
―풀은 결코 죽지 않는다

하늘바라기 자갈논 서 마지기
산비탈 쑥 덤불 떼기밭
그 끈을 놓지 않으려고
소작농 조부는 풀처럼 살았다

자손처럼 늘지 않는
찌그러진 살림을 허기로 움켜쥐고
한 뼘 농토를 늘리려고
흰밥 한 사발 멀리했어도
눈 감을 때까지 상투를 자르지 않은
고집 센 풀이었다

지독한 가뭄에 물난리 지나간 해
곡식은 떠나가고 황폐한 땅만 남아
풀들이 무성해도
아비는 울지 않았다
새벽 달빛 밟으며 머슴살이 갈 때도
풀뿌리로 뻗은 자식들 생각에

끝내 땅을 버리지 않았다

모진 세월
척박한 땅에서 뽑히고 또 짓밟혀도
끈질긴 생명력으로 살아남은
아들아,
너는 뽑힐수록 무성한 축복받은 풀이다
이 땅의 주인
죽지 않는 풀이다

풀의 역사 2
—땅세

　흐린 등잔불 아래서 아버지와 큰아버지는 두 살짜리 주검을 광목천으로 감쌌다 베개만 한 아들의 주검을 끌어안고 속절없이 우는 어머니를 큰어머니가 가로막았다 방문 밖에 섰던 누님들도 겁먹은 얼굴로 울음을 터트렸다 아버지가 어린 주검을 안고 방을 나섰다 뜰 안에선 연장 부딪치는 소리와 어머니의 울음소리가 뒤섞여 맑은 초가을 하늘로 흩어졌다 어린 주검을 안고 산으로 향하는 등불이 보이지 않을 때까지 어머니는 마당에서 아들 이름을 부르며 몸부림쳤다

　한국전쟁 뒤의 가난한 마을엔 보릿고개보다 무서운 식구들이 많이 태어났고 흔하게 돌던 홍역은 어린애들을 땅세로 솎아냈다 어머니도 자식을 여덟이나 낳았고 셋을 땅세로 줬다 그날 막내아들을 가슴에 묻은 뒤로 어머니는 더는 자식을 낳지 않았다 나는 어린 주검이 묻힌 산자락을 자주 찾는 어머니가 막내 옆에서 돌아오지 않을까 봐 두려워 몰래 따라갔다 사금파리로 표시된 애장이 군데군데 있는 산자락엔 찔레 덤불이 무성했다 어머니의 슬픔이 잦아들면서 땅세로 준

자식의 무덤을 찾지 않는 걸 지켜본 나는 그제야 안심했다 슬픔 위에 기쁨이 덧칠되고 하얀 찔레꽃이 피고 지고 빨간 열매가 맺었다가 떨어지는 동안 어머니는 호호백발이 됐다 나는 어머니가 오래전에 땅세로 준 막내를 아주 잊었다고 여겼다

어머니는 어린 손주의 재롱을 보면서 가끔 까마득한 기억을 꺼내어 땅세로 준 자식 애기를 남의 일처럼 혼잣말로 읊조렸다

풀의 역사 3
—아버지 가라사대

　천생 농사꾼인 일자무식 아버지가 농사꾼이 되기 싫어 꾀부리는 이팔청춘 아들을 잡도리하여 논매기를 시켰다 하지 지나 소서, 더위에 등이 땀으로 천덩거리는데 아버지는 허리 한번 안 펴고 풀을 뽑아 뭉쳐서 발로 꾹꾹 논바닥에 쑤셔 박으며 말했다 이 풀이 거름 되어서 가을에 벼 이삭이 개꼬리처럼 달릴 거다 벼 포기 사이에 얼굴을 박고 논을 매는 아들은 볼 부은 얼굴로 아버지를 물끄러미 쳐다봤다 소처럼 일을 해도 살림은 펴지 않는데 단 한 번도 신세 한탄하지 않는 아버지가 천치 같았다 차마 논매기가 싫다고는 못 하고 한나절을 논 가운데서 방아깨비처럼 허리를 굽혔다 펴던 아들은 학교 안 가는 일요일이 싫고 유월 긴 해가 지겨웠다

　점심 들밥 앞에서 밥을 마구 퍼먹는 아들을 바라보며 아버지는 배부른 표정으로 말했다 아들아, 푸른 벼 잎이 쌀을 만든다는 게 고맙지 않으냐? 아버지 눈엔 벌써 벼포기가 벼이삭으로 보이는 것 같았다 아버지, 논에 풀이 안 나면 농사짓기 쉽겠죠? 이런 미련한 놈아!

풀이 안 나서 농사짓기 쉬우면 땅 많은 부자는 더 부자가 되고 가난뱅이 농사꾼은 평생 논 한 배미 장만하지 못하는 걸 왜 모르느냐! 그래서 천지신명께서 벼도 만들고 풀도 만든 것이다 목구멍에 밥 넘기는 게 쉬운 줄 아느냐? 일하기 좋아하는 사람은 세상천지 어디에도 없느니라 일 안 하고 밥숟갈 드는 것들은 날도적놈이다 그러니 꾸물대지 말고 어서 논배미로 들어가라!

그때 아버지는 훗날 쌀이 천덕꾸러기가 될 줄 몰랐고 아들은 천치 같이 아버지 말을 순종하여 농사꾼이 되었다

2

부

간월도 어리굴젓

막내 동세[1], 굴 찍지 말고 가야산 꼭대기서 덩두렷
이 솟아 친정 동네 안면도 솔숲으로 넘어가는 달이나
실컷 보게나 달 밝은 보름사리 굴은 쭉었다네 그믐사
리 찍는 굴이 영글어서 맛이 최고라네 물 많이 쓰는 물
때가 여덟 물, 아홉 물일세 조새[2] 방우쇠[3]로 새 주뎅이
나락 쪼듯 콕콕콕콕 굴 딱지 홀랑홀랑 까게나 갯붙이
아낙네들 맺힌 한은 굴 찍을 때 풀린다네 방우쇠로 찍
은 굴 썸아귀[4]로 꿰어 바구리에 담다 보니 어느새 들
물일세 물 들어오네, 물 들어오네, 얼른 집에 가서 어
린 것 젖 물리세

막내 동세, 지끌지 않게 굴벅[5]구적[6] 골라내고 깨끗
이 굴을 씻게나 바탱이[7]에 간간하게 소금물 풀어 굴젓
을 담가보세 뜨뜻한 아랫목서 한 조금 내내 삭히면 간
월도 바다가 푹 익는다네 아낙네들 한이 누글누글 풀
린다네 고춧가루 풀어보세 홍덩홍덩 저어보세 바탱이
안에서 간월도 달이 두둥실 떠오르고 입안에서 첫사
랑이 어리어리 얼얼하면 굴젓 다 익었네 어서 하얀 쌀
밥 고봉으로 푸게나

1) 동서

2) 굴을 찍어내는 도구

3) 굴 껍데기를 찍어내는 조새의 한 부분

4) 굴을 꿰어 바구니에 담는 조새의 한 부분

5) 굴을 감싼 껍데기 덩어리

6) 부스러진 굴 껍데기 조각

7) 큰 항아리

개심사에 가거든

절집에 내려온
굽은 소나무가 그대로 기둥이 되어
끄떡없이 기와를 받치듯

마음을 삼천 번 열어야
무심(無心)에 닿을까

그대여
마음을 열었다고 함부로 입 밖에 내지 마라
대웅전 부처님이
실눈 뜨고
웃는 듯 마는 둥
네 마음 들여다보고 있나니

갯벌이 주는 밥

그 길은
기억이 아득한 어미의 자궁으로 들어가는 길이다
생명의 양수(羊水)가 들고나는
부드럽고 애잔한 밥그릇의 길이다

물때 따라
푹푹 빠지는 갯벌에서
허리 굽혀 경배하는
저, 늙은 여자의 살갗
개흙으로 변했다

갯마을 조개껍데기 무덤에는 수억 년 전부터 갯벌이
담아준 밥 이야기가 켜켜이 쌓여 있다 오늘도 이야기
를 만드는 여자의 몸속으로 바다가 들어왔다 나간다
갯벌에 찍힌 눈물 발자국을 밀물이 지워서 다행이다

시목리(柿木里)

억새꽃 피고

붉나무 붉어

천지가 온통 가을빛이어도

시목리*는 푸르다

밭마다 생강 이파리

댓닢처럼 청청하다

어제는 생강 캐는 아낙들이

무슨 망측한 얘기를 하고 깔깔댔는지

생강 밭둑 감나무

하루 밤새 얼굴이 더 붉어졌다

땅 닿게 늘어진 가지마다 매달린 홍시

따 가는 애들 하나 없고

저 혼자 달은 몸

노을보다 곱다

된서리 오기 전에

생강 캐느라 정신없는

시목리 사람들

• 태안군 소원면의 감나무가 많은 마을

안면도 염전 박 씨

아버지도 염부였지 6·25 난리 통에 황해도 연백에서 땡전 한 푼 없는 알거지로 안면도 갯바닥 염전으로 흘러왔지 피난민 아버지와 조랑조랑 매달린 자식들을 먹여 살린 게 소금이었지 연백염전 사업주였던 아버지는 안면도 염전 염부가 됐어도 원망도 슬픔도 없었지 저것 봐라! 소금꽃이 핀다! 밥꽃이 핀다! 곧 소금 오는 소리가 들릴 거다 햇볕과 바닷물이 소금밭에서 온종일 자글자글 농탕질을 친 뒤 살랑바람이 불면 소금이 온단다 아들아, 고향에 갈 때까지 이 염전을 떠나지 말거라 그래야 고향으로 돌아가서 소금을 긁을 수 있다 소금꽃이 한창 피는 오뉴월, 열일곱 살 풋내기 염부는 송홧가루 날리는 언덕에 아버지 말씀을 묻었지

내 몸뚱이가 소금이라네 내 등 좀 보게나 반백 년 소금을 긁어 목도질하다가 곱사등이 되었다네 소금밭에 비늘구름이 내려왔네! 몽글몽글 소금꽃이 피네! 곧 소금이 올 걸세 아버지 말씀이 들릴 걸세 하얀 소금 더미가 고봉 쌀밥 같지 않은가 내 눈물샘은 서해라네 내 눈

물은 짜고 내 피는 순백이라네 내가 흘린 땀방울은 쓰디쓴 세월의 간수라네 언젠가는 아버지가 애타게 그리던 고향 땅 연백염전에서 소금을 굵고 싶다네 내가 죽은 뒤에도 몸뚱이는 소금처럼 썩지 않을 걸세 그래야 그날이 오면 벌떡 일어나지 않겠는가?

청산리* 감태

파란 명주실이 가로림만 갯바닥을 다 덮었구나! 여보게 청산리 갯벌로 감태 매러 가보세

동장군에 얼어 죽기야 하겠는가 이 고운 명주실이 오뉴월에 돋는다면 서리서리 걷어다가 비단이나 짜겠는데 엄동설한에 돋아나서 몸뚱이가 고생일세 청산리로 시집와서 이내 팔자 일 팔자로 바뀌었다네 섣달이라 보름사리 듬성듬성 눈발 날리고 갯벌엔 농짝만 한 성에가 떠밀렸네 매섭게 춥더니 명주실이 유난히 파래졌네 거듬거듬 걷어서 갯바구니 채워보세 이때를 놓치면 내년에나 만난다네 굽은 허리 언제 펴고 꽁꽁 언 손 언제 녹이나 이내 몸뚱이 쉬기는 애초에 날 샜네 천만 가닥 명주실 짚발에 한 장 두 장 뜨다 보니 감태가 되었네 노루 꼬리 겨울 해 서산을 넘어가네 어서어서 햇볕에 말려보세 열 장이면 한 뭇이요, 백 장이면 한 톳이네 참기름을 바를 거나 들기름을 바를 거나 하얀 쌀밥 한 숟갈에 감태 한 장 올려놓고 조선간장 살짝 찍어 먹어보세 입안에서 녹는다네 언 손이 녹는다네 설움

44

이 풀린다네

　　감태야, 청산리 감태야, 이 몸뚱이 고단해도 세세연
년 청산리 갯바닥에 푸른 이불 덮어다오

* 감태로 유명한 태안군 갯마을

태배길*에서 시 한 수를 읊다

　어느 해던가, 공자 왈 맹자 왈 글을 읽던 태안읍내 글방 도령들이 봄바람 유혹을 떨치지 못하고 바랑에 술병 담아 원족(遠足)을 나섰다네. 꾸불꾸불 산길 돌아 허위허위 고갯길 넘어 신두리 백사장에 당도하여 건너다보니 어허! 지세(地勢)가 개미허리처럼 잘록한 게 섬도 아니고 육지도 아닌 것 같은데 산은 아담하고 바다는 잔잔하니 저곳이 과연 어디인고! 나룻배에 오르니 절로 흥에 겨워 '꽃 사이에 술 한 병 놓고 벗도 없이 홀로 술을 마시느니 마느니' 이태백의 詩 구절을 읊었다네 구름이 산허리를 감쌌다가 벗기며 희롱하는 사이 글방 도령들 신너루 해변에 도착하니 온산 진달래 나른하고 봄빛에 물비늘 눈부신 바다에 넋을 잃어 여기가 무릉도원이로다 술잔을 권커니 잣거니 절경에 취해 필묵을 꺼내 절벽에 詩 한 수 휘갈겨 썼다네
　세월이 흐르고 흘러 글도 詩도 모르는 갯마을 아낙들 입에서 말이 보태지는 동안 절벽의 글방 도령 시구(詩句)는 나날이 흐려졌는데 어느 누가 지어냈는지, 달밤에 술 취한 이태백이 조각배를 타고 서해를 건너와

서 비몽사몽으로 절벽에 詩 한 수 써놓고 홀연히 달 속
으로 사라졌다는 전언(傳言)이 오늘까지 이어지고 있
더라

* 태안 의항리에 있는 해변 둘레길

태안 육쪽마늘

단군왕검 어머님께서 사람이 되실 때도 그리 했다 백두산 신단수 컴컴한 동굴에서 인고의 시간을 보냈 듯이 너도, 긴 겨울 어두운 땅속에서 죽은 듯이 지내더 니 거친 흙 뚫고 나와 제일 먼저 봄을 통보하는구나 하 루해 길고 긴 하지 무렵 잎줄기 다 마른 뒤에 여무는 마늘통은 조선의 아낙네들 아담한 두상(頭像)이요 꽃 줄기에 매달린 마늘쫑은 애기씨들 댕기 머리요 마늘 쪽은 어여쁜 여인들 오똑 콧날이로다

땅속에서 백옥 살결 비늘처럼 겹겹이 여민 마늘아, 추녀 밑에 매달려 가을 겨울 다 보내고 벚꽃 필 무렵까 지 생을 지탱하는 마늘아, 너는 인내가 숙명이구나 죽 지 않는 고통은 알싸한 눈물이 되었구나 동기간이 여 섯 쪽인 너는, 분명 귀한 종족이다 난도질을 당한 마지 막 순간에도 세상의 모든 맛을 살려내는 마늘아, 태안 육쪽마늘아! 너는 분명 홍익인간 맥을 잇는 웅녀의 후 예로구나

옹도[*]

옹기가 아니라
지금 막 피려는
동백 봉오리 닮았다

서해 거친 파도에
안절부절못하다가
털썩 주저앉아
물거품으로 제 몸 닦고 또 닦아내어
커다란 독이 된
섬

옹기 속
등대지기 밤샘하던 날
동백꽃 봉오리 몸 풀더니
선홍빛 하혈이 낭자하다

[*] 충남 태안군에 있는 등대섬

할매

젊어서는 근력이 참 좋았지 일손이 빨라서 어지간한 장정들과 맞먹었어 그러나 이젠 소용없어 젊어 삭신을 우려먹어 빈탕 허깨비여 자식들은 죽게 키워놓으니 따로 나가 살고 몸뚱이는 골골해서 할 수 없이 늘그막에 남세스러워도 마을 구판장 구석에 이렇게 잔술 장사 차렸다니까 맨날 혼자 앉은 것 같아도 장사란게 무시할 게 못 되더라고 그럭저럭 재미가 쏠쏠해서 이 눈치 저 눈치 안 보고 손주들 용돈 집어주고 먹고 싶은 거 있으면 사 먹고 남들 따라 생전 처음 관광도 가봤어 농사로 늙었지만 세상에서 제일 불쌍한 게 농사꾼이여 사람 취급을 제대로 받나 돈을 잘 버나, 진 날 갠 날 없이 흙투성이로 바삐 돌아다녀도 그날이 그날이여 앞날이 뻔하다니까 그런데도 꿈만 꾸면 꼭 옛날 꿈이여 품앗이로 모심으러 다니던 꿈 뙤약볕 아래서 밭매던 꿈 젊어서 일찌감치 상여 타고 산림 감시하러 산으로 간 영감탱이 생각나서 홀짝홀짝 쐬주 한두 잔 마시다보니 늦술을 배웠다니까 살날보다 죽을 날이 가까운 이 늙은이가 무슨 욕심이 있겠는가 그저 자식들

못된 놈 소리 안 듣고 잘 사는 것과 이 몸뚱이 병으로
곯지 않고 죽는 날까지 내 발로 돌아다니다가 어느 날
잠자는 것처럼 눈 꼭 감는 것이 내 소원이여

  허, 가을 날씨 한번 환장하게 좋네! 이런 볕에 말린
고추는 색깔이 참 고운데

달의 영토

초여드레 한 조금
초승달 배시시 웃으며
막 물 빠진 갯벌 한 바퀴 돌더니

보름사리 여섯 물때
보름달 환한 얼굴로
밀물에 잠긴 갯벌 밤새 품는다

수억만 년을
마법 부리듯
갯벌을 줄였다가 늘리면서도
단 한 번
주인 행세를 하지 않는
저,
달,

무명 가수

저 노래는
울음보다 처절하다

입추 지나 처서
짧은 한 생애
더러는 이루지 못한 사랑에
더러는 꿈으로 끝난 꿈에

밤새
풀숲을 끌고 다니다
너덜너덜해진 날개 옷자락을 찢는
저 애절한 노래에

가을꽃 피고
여름꽃 진다

무화과

태초에 말씀이 있었다

아담과 이브의 부끄러움을 가려준
잎사귀의 죄
너는 꽃을 피우지 못하리라
못생긴 열매는 잎사귀로 감추어라

무성한 잎사귀가
그 죄를 갚으려는 듯 악착스레
단맛을 만들고 있다
끈적거리는 유혹의 시간은
단 하루
열매가 익으면 하루를 넘기지 못하리라

태초에 지엄한 말씀이 있었다

봄날은 갔다

천지사방 지천으로 봄나물이 돋아서
습관으로 뜯는다
하루를 다퉈 돋는 풀
하루를 다퉈 늙는 풀
저 낡은 손놀림이 있어 어김없이 봄이 왔다

한 보퉁이 봄을 끌어안고 버스를 기다리는
벚꽃 환한 길모퉁이
멈추지 않는 직행버스가 지나갈 때마다
꽃잎이 팔랑대며 머리에 앉아
노파의 머리가 백발이 된다

나물 보퉁이 속
봄은 시들고 해 넘어간다
그렇게 봄날은 갔다

그 세상의 집

건축자재는 부드러운 개흙
개성 넘치는 집은
멋스러운 굴뚝을 만들기도 하고
출입구에 하얀 굴 껍데기 장식도 하고
개흙을 둥글게 뭉쳐 담을 쌓기도 하고
침입자를 대비해서 비상구도 내고
붉고 푸른 칠면초 정원을 가꾸고
사랑도 한다

전세도 월세도 없는 세상에서
호화로운 집 대신
며칠에 한 번씩 달랑 방 한 칸짜리
새집을 짓고 이사하는
농게

그들의 세상에서
집을 지을 때는
건축 허가와 설계도는 필요 없다

3
부

개구리를 타이르다

봄꽃 지고 잎 피어난다
그만 좀 울어라
밤새워 동네방네 떠나가도록 통성기도 한다고
무논에 깔긴 네 새끼들 무사할 줄 아느냐

나 같으면 그 좋은 목청으로
저잣거리 목로에 걸터앉아서
난봉가 한 자락 뽑아대어
장안의 한량들 후려치겠다

밤새워 독경하고도
성불 못 했으니
인제 그만 그치거라

봄 깊어 묵은 논 갈아엎으면
낳은 새끼 모두 키우지 못할 줄 뻔히 알면서
세상 슬픔 다 안고 사는 듯
습관으로 울어대는 네 엄살에

달도 별도 지겨워 구름 속에 숨는다

김장

한 줌 짭짤한 순백의 잠언이

푸른 잎사귀 잠재운다

다시는 깨어나지 못하게

꿈속에 가둔다

컴컴한 독방에 차곡차곡 누워

때론 몽롱한 순간을 추억하며

지독한 사랑 뒤의

나른함으로

혼자 들뜨다가

끝내 알맞게 익는

깻잎

그대에게 가는
따뜻한 실핏줄이
푸른 산맥이 되고
푸른 골짜기가 되었느니

한 점 고기를 싸고
짭짤한 장아찌를 담그기 위해
여름 내내
한 잎 따내면 두 잎 피우던
저, 오기가
마침내 흰 꽃 몇 송이 만들고
들깨 냄새로 가을마당 가득 채우나니

노각

내게도 좋은 시절이 있었답니다
따스한 봄날엔
푸른 잎사귀 팔랑대며
노란 희망을 꽃피우기도 하고
기름 졸졸 흐르는 자태를 뽐냈었지요
내가 말라비틀어진 줄기에
처량한 몰골로 대룽대룽 매달린 것은
내 탓이 아닙니다
겉만 보는 세상의 미친바람 때문이지요
그렇다고 아주 쓸모없는 건 아니랍니다
어쩌다 손끝 매운 사람을 만난다면
엄동에도 한여름의 추억을 안겨 줄 수 있으니까요

동정은 사절하겠습니다
혼자 늙어 가도 억지로 짝짓기를 구걸하지 않는
우리네 농촌 노총각처럼
나 역시 꼬부라졌어도 속이 있는
진짜 조선 오이랍니다

미스 김 라일락

한국전쟁에 참전한 미국 군인이
북한산에서 너를 만나 데려갔다더니

수수꽃다리
털개회나무
한국 이름 대신
미스 김으로 개명하고
고국 땅에 돌아왔다

인적 끊긴 짧은 봄밤
방문 밖에서
미스 김이
연보라색 짙은 향기로
자꾸 잠을 깨운다

배추

아무렇게나 자랐어도

장미보다 더 예쁘다

푸른 잎

안으로 서로 겹겹이 껴안으면

따뜻한 마음들이

연노란색으로 피어나서

된서리 내린 날도

춥지 않다

새해 아침 풍경

성에 낀 유리창 밖

내리다 그치다 또 내리는 눈발 속

마늘밭 끄트머리

뽑다가 그만둬서 얼어 터진 김장밭 옆

꼿꼿한 대밭 가운데

늙은 감나무 가지 위

주인 떠난 까치집 아래

녹슨 함석 대문 안으로

이따금 드나들어

살아 있음을 알리는

노인 내외

나도 명이 길면

그 풍경 속에 그렇게 있을 것이다.

손가락이 밉다

공공근로 나간 사이
좀도둑이 그녀를 파혼시켰네

결혼식 날
딱 하루
손가락에 끼고
낄 새가 없어
이제는 손가락이 굵어져 도저히 낄 수 없어
장롱 속에 고이 모신
서 돈 금반지
감쪽같이 사라졌네

하루 사이 십 년이나 늙어버려
팔십 노파가 된
육촌 형수
손가락을 원망하며 공공근로 나가네

슬픔의 온도

가을 깊어 잎 떨어지니
비로소 나무의 슬픔이 보인다
잘려 나간 상처를 아물게 하려고 오므린 나무껍질
부르튼 입술 같다

저 나무의 뜨거운 통증은
저 나무만 안다
그늘에 쉬던 사람도 가지에서 놀던 새도
나무의 슬픔은 까마득히 몰랐다
상처를 감추기 위해
나무는 무성히 잎을 피웠을 게다
한세상 살며 상처 없이 사는 사람 몇이나 될까마는
사람들은 작은 상처 하나도 안으로 삭이지 못한다

나무의 상처를 어루만지는 손길에
서늘함이 묻어난다
가지를 잘랐던 내 팔뚝이 저리다

유모차 부대

하나, 둘, 셋, 넷,
유모차가 경로당을 나선다

젖통이 무말랭이같이 쪼그라졌어도
자식 일곱 키운 젖탱이 큰 어미였다고 우기며
유모차에 아기 대신 우스갯소리 싣고 간다

청춘 같은 김장밭 지나
뽑아놓은 고춧대 늦물 고추가
지는 해 등쌀에 서둘러 붉는 밭둑을 돌아
씩씩하게 일렬종대로 간다

짧은 가을 해가
꼬부라진 그림자를 자꾸 키우는 저물녘
막다른 길이 어딘지 분명 알지만
서로 모르는 체하며
빈 유모차 밀고
빈집 지키러 간다

적막한 봄밤

보름달이어도
봄에 뜨는 달은
야윈 달

허연 몰골로
고단해 초저녁부터 곯아떨어진
농사꾼 집 근처 기웃거려 보고

개구리울음 그친 논에
몸을 담가봐도
아무도 반기는 이 없어

보라색 오동꽃 향기 홀로 가득한
빈 마당을 서성거리다가
개마저 짖지 않는 걸 눈치채고서야

창백한 낯빛으로
후딱 서산을 넘는다

첫 고백

그때
그대의 눈을 똑바로 바라봤는지
얼굴이 홍시처럼 빨갰는지
편지를 건네던 손이 사시나무처럼 떨었는지
말을 더듬으며 무슨 말을 했는지
단둘이 처음 만난 날이 언제였는지
어떤 연유로 싱겁게 헤어졌는지

미루나무 새순이 화들짝 피던 봄날 저녁의 초등학
교 운동장 구석이었는지, 초여름 마파람이 막 팬 보리
이삭을 주름처럼 일렁이게 하던 바다가 보이는 언덕이
었는지, 아름드리 소나무가 황금빛 솔잎을 떨어트리던
가을날 황혼의 고갯마루였는지, 함박눈이 내리던 겨
울밤 왕대밭 옆 구멍가게 초가집 추녀 아래였는지,

도무지 생각나지 않는 아득하고 아득한
기억의 조각들

호박씨

사랑에 빠지면 다 그런가 보다
자꾸 만나고 싶고
자꾸 퍼주고 싶고

해뜨기 전부터
활짝 문 열어놓은
낯짝 좋은 호박꽃
누가 뭐라든 말든 호박벌 불러들여
온종일 신방에 붉은 등 켜놓고
됫박으로 마구 꿀 퍼준다

사랑에 빠지면 말이 많아지는가 보다
한 말 또 하고
들은 말 또 들어도
질리지도 않는가 보다

지난여름 달콤한 호박꽃이 남긴
사랑의 징표

어쩌면 똑같은 사랑 타령을 이리도 반복했는지
어쩌면 뜨거운 사랑 타령이 고운 빛깔로 남았는지
덩달아 가슴이 뛴다

그런데 사람들은 왜 똥구멍으로 호박씨를 깐다고
했지?

너무 늦은 사랑

가을을 건너뛰고 겨울이 왔다
진눈깨비를 맞는 버즘나무 잎사귀가 춥다
계절도 질주하는 세상을 닮아 속도를 낸다
한 알의 씨앗이라도 남기려고 안쓰럽게
고개를 쳐드는 늦게 핀
저, 풀꽃들
씨앗이 여물기엔 시간이 너무 짧다
태양은 검은 구름 속에서 방관자처럼 희미하게 웃고
바람은 망나니 춤으로 들판을 뒤집는다
늦은 사랑엔 축복 대신 비웃음뿐
지난 시간을 움켜쥔 뿌리가 힘써 보지만
그것도 하루 이틀
속도에 편승한 사람들도 뒤를 돌아보지 않고
속도광이 되어 빠르게 사라지는 중이다
사랑의 열매를 맺지 못하고
생을 마감한 풀꽃들
마지막까지 지난여름을 추억하는 푸른 고집이
그나마 다행이다

봄눈

사랑을 몰랐으므로

사랑하지 않고 쉽게 떠났다

사랑해야 할 것들을

사랑하지 않은 것은 분명

죄

사하여 달라고 땅에 엎드리자

금방 용서가 되었다

4
부

신명 나는 하루

알맞게 비 오시고 날씨마저 화창하여
모내기하기 딱 좋다
늙은이들 몇 돌아다녀도 심심하지 않은 논머리
선거 앞두고
어깨띠를 두른 사람들이 찾아다니며
아침 새참에서 저녁 새참까지
고생하신다고 농사 걱정을 해주면서
음료수를 권하며 한 표 부탁하는 오늘은
내가 왕이다
세상에 어디서 이런 공손한 대접을 받아봤는가
이래서 선거를 좋아하고 사람들이 들뜨는가보다
여기도 옳고 저기도 옳다고 맞장구치고
피로회복제 단숨에 들이키면 근력이 솟구친다
풀뿌리민주주의가 내 몸에 뻗어
어느새 잎이 무성하고 꽃이 피고 열매가 달린다
아, 대한민국!
진짜 주인을 알아보는 일꾼들이 많은 나라
선거 끝나면 주인들을 똥 두드리던 막대처럼 괄시

하든 말든

　오늘만큼은 뒷산 신록처럼 마음이 부풀어

　무논 개구리처럼 팔짝 뛰며 노래하고 싶은

　참 즐거운 하루

쌀 죽다

논바닥에서 걸어 나온 벼 이삭들이
아스팔트 위에서 어깨동무하고 외친다
쌀은 자존심이다
곳간을 함부로 열지 말라

물대포 한 방에
모가지가 꺾인 벼 이삭
퉁퉁 불은 쌀이 되어 흩어진다

뿌리 내릴 땅을
싹 틔울 희망을 모두 빼앗긴
살아 있는 벼 알갱이들
껍질이 벗긴 채
죽은 쌀이 되어
길바닥에 나뒹굴 때
도시에서 머슴살이하는 자식들은 모르는 체하며
흰 쌀밥을 먹고 있다
제 어미 아비 살을 파먹고 있다

장마가 끝나기 전에 그는 사라졌다

추녀 끝 낙수가
붙은 국수 도막처럼 자주 끊겼다
토방으로 튀어오르는 흙물이
검정 고무신에 점묘로 추상화를 그렸다

그는 마루에 앉아
뜨거운 감자 껍질을 벗기는 데 골몰했다
자유를 갈망했던 그는 전과자다
그 시절에는 도둑보다 그와 같은 죄인들이 더 많았다
감자 껍질이 벗겨지듯 그의 삶이 담백하게 드러났다
감자 속살처럼 타박타박 목이 메는 짧은 생애가
추녀 물 따라 흘러갔다

조국이든 사람이든
사랑이라는 말 남발하지 마세요
사랑이 미움을 키우거든요
세찬 비가 그의 말을 끊었고
추녀 끝 낙수는 끊어지지 않은 국숫발처럼 땅에 닿

았다

그의 꿈같은 흙물방울이 비눗방울처럼 솟았다가 터
졌다

그가 자신을 숨기듯 토방의 고무신을 마루 밑에 밀
어넣었다

그는 『체 게바라 평전』을 읽고 있었고 앳된 얼굴엔
수염이 제법 길었다

나는 아무 말도 묻지 않았고 그는 묻지 않는 말을 가
끔 했다

점심으로 물국수를 먹고 낮잠을 잤다

얼마 뒤 역적이 된 그는 오라에 묶인 채로 웃고 있
었고

나는 불안하여 장마 갠 뒤 날씨처럼 그를 지우려 애
썼다

장마에 마루에서 물국수와 삶은 감자를 먹지 않는
동안

그는 자유보다는 현실을 좇아 변신에 성공했고 출
세했다
　나는 그가 버린 체 게바라를 읽으며 타박거리는 감
자를 먹는데도 목이 메지 않았다

　한때 우리 집 마루에는 찐 감자가 있었고
　찐 감자보다 뜨거운 삶을 살던 젊은 혁명가가 묵었
었다

이름 탓

가을입니다
남들은 속도 모르고
얼마나 좋으냐고 묻습니다
천고마비, 들국화, 황금벌판, 빨간 고추,
신물 나게 들은 이 가을 찬사들
세상사 어디 마음 편히
정말 재미나게 사는 사람들이 많으랴만
지을수록 손해 보고 천대받는 농사
나도 이쯤에서 때려치우고
남들처럼 멀리서 풍경화로 가을을 즐기고 싶어도
하지만 요놈의 내 이름 좀 보십시오
팔자에 타고난 농사꾼 아닙니까
그래서 오늘도 마음 다잡고
낙추(樂秋)야, 즐거운 가을이다
주문처럼 이름을 중얼대며 들판으로 나가지만
발목을 휘감는 치렁치렁한 벼 이삭을 보면
왠지 또 서러워지기 시작합니다
농사꾼 주제에 가을을 즐겁게 맞이하지 않으며

달고 다니는 부끄러운 이름을
슬그머니 들판에 버리고 집으로 가다 보니
가을 햇살이
가엾은 그 이름을 어루만지고 있습니다
가만가만 쓰다듬고 있습니다

이팝나무를 심다

보릿고개 언덕에 하얗게 피어
배곯은 농사꾼 환장하게 했다는
이팝나무를 심습니다
언제 환한 꽃이 필지도 모르는 채
언제 환한 삶이 필지도 모르는 채
서러운 땅에
씨앗 하나씩 기다림으로 심습니다

곰곰 생각하면 아버지의 아버지께서
보리죽으로 허기를 달래며 일궜던
눈물의 땅
해마다 고루고루 곡식을 심었던 그 땅에
배부른 사람들 뜰 안에서나 꽃피울 나무를 심으며
죄지은 마음에 허리 한 번 못 펴는데
끼니 걱정 면한 지 얼마나 됐다고
옥토에 나무 심어 산 만드는 세상이라고
하루 종일 못마땅하신 아버지,
바람은 알맞게 불어 땀을 식히며

네 탓이 아니라고 위로합니다
궁금한 동네 사람들 몰려와서
돈나무냐 금나무냐 꼬치꼬치 묻다 간 뒤

우두커니 혼자 서서
이팝나무 쌀밥나무
맥없이 중얼거려 봅니다

임종 일기 1

―요양병원

노인네 낙상해야 병 얻는다는
끔찍한 옛말을 당신께선 참 알뜰히도 따랐다

백수(白壽)를 한 해 앞두고
자식들은 허리를 다쳐 서지도 앉지도 못하고 누운
당신을 칠성판 위 시신처럼 묶어서
이 병원, 저 병원 순례 끝에
쑥덕공론하여
휴양하며 치료한다는 요양병원을 종착지로 택했다

애초에 휴양하고는 먼 생애처럼
요양병원은 요양하고는 거리가 멀었다
그곳은 사대육신을 타인에게 맡긴 채
정신이 들랑날랑하는 허물어진 삶들이
마지막 대기하는 집합소

당신을 혼자 두고 돌아오던 날
새끼를 부르며 울던 어미 소 마음에 어찌 닿으랴

봄눈은 거짓말처럼 내렸다가 녹고

요양병원 복도를 밤새 걸어도

출입문을 찾지 못했다

임종 일기 2
—빈방

주인이 요양병원으로 거처를 옮기자
빈방에 남은 건 지나간 시간뿐이다
밤낮없이
이해 못 할 세상의 소문을 전달하던 텔레비전과
하루에도 몇십 번 여닫아
손잡이 칠이 벗겨진 장롱이 주인을 기다리고 있다

장롱 속에는
구십 넘은 나이에 혼수를 준비하듯
이불을 잘라 요를 만들고
요를 잘라 포대기를 꿰매던 반짇고리와
아주 오래전에 손수 준비한 수의가 있다
빈방의 문을 열어보지만 장롱문은 차마 열지 못하
겠다
꼼꼼한 바느질로도 꿰매지 못한 시간이 툭 쏟아지고
나를 키운 시간의 조각들이 등짝을 후려칠 것 같아
서다
부유하는 시간의 냄새를 맡아본다

당신께서는 언제쯤 어디서 왔는지는 알겠는데
어디로 가는지는 알 수 없다
희미하게 잡히는 것은 시간이 사라지는 게 아니라
기억이 시간을 지우게 될 거라는 예감이다

빈방의 주인은 다시는 흘러간 시간 속으로 못 올 것
이다
시간이 증발하지 못하게
조용히 빈방의 문을 닫는다

임종 일기 3
―시간의 기억

그나마 집요하게 잡고 있던 먼 기억이 뒤엉키더니
단순하게 집으로 정리되었다

집에는 당신의 존재를 가장 완벽하게 이해하는 방
이 있다
그 방으로 돌아가야 한다
그래야 익숙한 기억 속의 삶과 만날 수 있다
집요한 생각은 시공을 초월하고 탈진을 반복한다
허리를 다쳐 꼼짝 못 하는데도
침대 밑으로 가느다란 다리를 뻗어 걸음을 시도한다
침대 시트에 복사뼈 살갗이 벗겨지도록 비벼도
다리는 먼 기억처럼 아득한 땅에 닿지 않는다

두 손이 허공에서 장롱문을 열고 보따리를 푼다
안동포 수의가 아니라며 자식들에게
서운함을 내뱉던 입가에 미소가 번진다
비로소 빈방에 돌아온 것이다
밖은 우수가 지났어도 온종일 찬 안개비 내려

봄풀이 돋지 않았는데 밭매는 시늉을 한다

퇴색하는 기억에 맞춰 시간의 필름이 되감긴다
가난한 살림에 유달리 생의 애착이 많았던
스무 살…… 마흔 살…… 예순 살…… 아흔여덟 살,
먼 기억이 순식간에 나타났다가 점멸한다

지나간 시간 속으로 들어간 당신을 바라보면서
어쩌면 다가올 시간을 모르는 이 순간이 행복하겠
다고
나는 건조한 위로를 입속말로 건넨다

임종 일기 4
―문턱을 넘다

들숨은 짧고
날숨을 길다

삶과 죽음의 경계엔 아무 표시가 없다
사람들이 임종이라는 언어로 문턱을 만들었을 뿐
이다
이 문턱을 넘어간 사람 중에
한 사람도 이 문턱을 넘어 돌아오지 못했다
그래서 두려움이 보태진 평안의 글과 기도가 세상
에 범람했다

미약한 들숨이 있더니 한동안 날숨이 없다
임종이라는 미명에 둘러선 자손들이
삶의 경계선을 넘었다고 확신할 때
깊고 긴 날숨이 힘겹게 경계선을 넘지 않았음을 증
명한다
너무나 익숙한 이곳에서
아무것도 상상되지 않는 저곳으로 넘어가는 시간

평생 무언가를 애써 집착했지만

당신의 야윈 손엔 아무것도 쥔 게 없다

당신이 만든 애물들이

울음을 삼키며 물끄러미 어머니라는 이름의 당신을
바라본다

드디어 산소호흡기 숫자가 지워지고

돌아올 수 없는 곳의 문턱을 막 넘은 얼굴에

홑이불이 연극 무대의 커튼처럼 덮인다

벚꽃이 무더기로 후드득 지는 봄날

들숨도 날숨도 없는

희로애락을 버린 당신의 얼굴이 참 미묘하다

추석 달은 좋습니다

유난히 심했던 가뭄 끝
겨우 팬 난쟁이 똥자루만 한 벼 이삭과
서둘러 꼬투리를 맺은 밭곡식과는 달리
추석 달은 잘도 여물었습니다
허전한 가을마당을 생각하면
밥숟갈도 헛손질 되지만
명절이라고 고향 집을 찾은 자식들을 보면
둥그런 달이 그저 고맙기만 합니다
오랜만에 밤이 이슥하도록
고샅을 오가는 발걸음 소리
사람 사는 동네 같아 컹컹 개마저 신이 난
팔월이라 열나흘 밤
마루에 둘러앉아 빚는 송편 속에
딸애는 고달픈 객지 생활을 웃음으로 버무려 넣고
나는 아무도 몰래 한숨을 섞어 넣습니다
풍년이나 흉년이나 앞이 막막하기는
그믐밤 같은 세월
그래도 해마다 풍년은 들고 봐야지 하면서도

금방 뿔뿔이 흩어질 게 뻔한 식구들과

내년에도 이렇게 추석 달을 볼 수 있을까

씁쓸한 생각에 잠긴 내게

딸애가 철딱서니 없이 제사상에 놓는다고 사 온 바
나나를

하나 뚝 떼 주며 먹으라고 조릅니다

집집마다 고소한 부침개 냄새가 등천하면

점점 부풀어 터질 것만 같은 추석 달

어쨌든 좋습니다

목련꽃 독백

할머니 어디 계세요
사월 초하루 깜깜한 밤에
소리 없이 살그머니 왔는데
올해는 유난히 하얀 옥양목 치마를 입고 왔는데
닷새가 지나도록 뵐 수 없네요

고단한 일상에 눌린
아줌마 허리가 속절없이 굽어서
할머니로 변하는 세월 동안
남편 앞세우고 울음을 참던 밤도
자식 앞세우고 속울음을 울던 밤도
조용히 옆에서 지켜봤지요
기쁨은 흐릿하고 슬픔이 선명했던 생애
봄날 잠깐이라도 환하게 웃으시라고
뜰 안 가득 하얀 치마폭을 펼쳤어요
어서 마루로 나와 보세요

높새가 불어 옥양목 치마가 누렇게 바래기 시작하

네요

할머니,

설마 멀고 먼 곳으로 가신 건 아니겠죠?

푸른 성벽

누가 저 푸른 성벽을 설계했을까

소리를 먹고 뱉어내지 못해
배가 탱탱한 아파트 방음벽
한여름 땡볕과 도시의 복사열로
몸이 벌겋게 달아오른 방음벽을
담쟁이가 뜨겁다는 비명 대신
몸을 배배 꼬며 재빠르게 오른다

습기가 촉촉한 숲속 나라에서
계절의 시간을 재며
천천히 걷던 담쟁이 보폭이
방음벽에선 미친 듯 빠르다

이 불지옥에서 벗어나고 싶어
발걸음을 재촉해 뻗어 올린
담쟁이넝쿨
끝내 허공에서 물구나무서더니

가을이 오기 전에
혈압이 터져 핏발 선 잎사귀를 떨어뜨린다

저 희한한 고문을 누가 맨 처음 시작했을까

팔팔한 청춘

정월 초하루 아침부터 뜬금없이 눈 퍼부어 인적 끊어졌다 아랫집, 여든여덟 살 잡수신 어르신이 마당에 내린 눈 오는 족족 팔팔하게 치우신다 평생 남의 논 부쳐 먹는 처지여도 불평불만은 애초부터 없었는지 우스갯소리 입에 달고 다니시더니 몇 해 전 마나님 저세상에 보내고 혼자 살면서도 팔팔하시다 초이튿날도 새벽부터 어르신이 마당에서 큰길까지 또 눈 치우신다 웬일인가 싶었더니 아들네 캠핑카 손님처럼 들렀다가 후딱 돌아가는 뒷모습이 보이지 않을 때까지 손을 팔팔하게 흔드시며 웃는 어르신

정초부터
울컥하면서도 기분 좋아 술 한 병 들고
팔팔하신 청춘께 세배하러 간다
괜찮은 젊은 과수댁 있으면
다리 놔달라고 조르는 소리 들으러 간다

섣달그믐에

잊으라고
흙 파먹고 산 서러운 세월
다 잊으라고
저물녘 눈 퍼붓는다

젊은 농사꾼도 품앗이도 인심도 내가 아는 이야기
마저
도시의 식자들이 몽땅 가져갔다
더는 빼앗길 게 없는
수탈의 땅
세상을 다시 그려보라는 듯
펼쳐진 순백의 도화지 위에 나는 쓴다

희망은 예전에 죽었다
그러나 나는 죽지 않았다
아직도 살아남아
농투성이를 비웃던 사람들이 땅에 엎드려
머리 조아리는 그날을 기다리고 있다

삶창시선